Exemplaire de Beurdeley père

CATALOGUE

DE

19 TABLEAUX

DES

PREMIERS ARTISTES MODERNES

PROVENANT EN PARTIE

Du Cabinet de M. le B^{on} M***

⊶✕⊷

PARIS

MAULDE & RENOU,

IMPRIMEURS DE LA COMPAGNIE DES COMMISSAIRES-PRISEURS,

rue de Rivoli, 144, au coin de la rue de l'Arbre-Sec.

—

1854

CATALOGUE

DE

19 TABLEAUX

DES

PREMIERS ARTISTES MODERNES

PROVENANT EN PARTIE

Du Cabinet de M. le Bᵒⁿ M*,**

DONT LA VENTE AUX ENCHÈRES PUBLIQUES AURA LIEU

HOTEL DES COMMISSAIRES-PRISEURS,

RUE DROUOT, 5,

Salle des Séances, au premier,

Le Vendredi 7 Avril 1854, à 3 heures précises,

Par le ministère de Mᵉ RIDEL, Commissaire-Priseur,
rue Saint-Honoré, 335,

Assisté de M. FRANCIS PETIT, Appréciateur,
boulevart Poissonnière, 24.

EXPOSITION PUBLIQUE

Le Jeudi 6 Avril 1854, de midi à cinq heures.

PARIS

MAULDE & RENOU

IMPRIMEURS DE LA COMPAGNIE DES COMMISSAIRES-PRISEURS
rue de Rivoli, 114.

1854

CONDITIONS DE LA VENTE.

Elle sera faite au comptant.

Les acquéreurs paieront, cinq pour cent, en sus des adjudications.

DÉSIGNATION

DES TABLEAUX

BARON.

1 — La Déclaration.

Bois. — Haut. 30 c. Larg. 24 c.

BARON.

2 — Le Bonheur d'une Mère.

Bois. — Haut. 26 c. Larg. 38 c.

BONHEUR (Rosa).

3 — Moutons au repos, dessous de bois.

Bois. — Haut. 21 c. Larg. 33 c.

CABAT.

4 — Paysage de Normandie.

Toile. — Haut. 18 c. Larg. 27 c.

DECAMPS.

5 — Pêcheurs grecs.

Toile. — Haut. 27 c. Larg. 21 c.

DECAMPS.

6 — Le Chenil.

Bois. — Haut. 25 c. Larg. 35 c.

DECAMPS.

7 — Turc fumant son chibouck.

Toile. — Haut. 22 c. Larg. 28 c.

DECAMPS.

8 — Enfant jouant avec un chat.

Toile. — Haut. 27 c. Larg. 37 c.

DECAMPS.

9 — Nature morte, Canard sauvage.

Toile. — Haut. 80 c. Larg. 65 c.

DELACROIX (Eugène).

10 — La Lecture.

Toile. — Haut. 46 c. Larg. 50 c.

DIAZ.

11 — Forêt.

Toile. — Haut. 56 c. Larg. 73 c.

DUPRÉ (JULES).

12 — Paysage avec figures et animaux.

Bois. — Haut. 30 c. Larg. 40 c.

FLEURY (ROBERT).

13 — Sénateur vénitien.

Bois. — Haut. 24 c. Larg. 19 c.

LEHMANN (HENRY).

14 — Vénus anadyomène.

Bois. — Haut. 24 c. Larg. 15 c.

MARILHAT.

15 — Paysage, commencement d'orage.

Toile. — Haut. 55 c. Larg. 81 c.

ROBERT (Léopold) — 1821.

16 — Office dans l'église Saint-Laurent-hors-les-Murs. — Rome.

Toile. — Haut. 46 c. Larg. 35 c.

ROQUEPLAN (Camille).

17 — L'Attente.

Bois. — Haut. 40 c. Larg. 30 c.

ROUSSEAU (Th.).

18 — Paysage, la Mare.

Bois. — Haut. 31 c. Larg. 52 c.

TROYON.

19 — Le Passage du Gué.

Toile. — Haut. 65 c. Larg. 90 c.

Paris. — MAULDE et RENOU, imprimeurs de la Compagnie des Commissaires-Priseurs,
rue de Rivoli, 114.   4319